Le storie di Pimpa

Le più belle storie di Pimpa e dei suoi amici
da leggere, guardare e ascoltare

Ideazione del progetto:
Franco Cosimo Panini Editore
www.storiedipimpa.it

Redazione:
Giulia Calandra Buonaura, Simona Caserta, Francesca Lolli,
Antonella Vincenzi

Proprietà letteraria e artistica riservata
© 2008 Francesco Tullio-Altan/Quipos S.r.l.
© 2008 Franco Cosimo Panini Editore S.p.A. – Modena
www.francopaniniragazzi.it

Tutti i diritti sono riservati. È vietata la riproduzione anche parziale dei testi
e delle illustrazioni senza il consenso scritto dei titolari dei copyrights.

Finito di stampare presso Arti Grafiche Johnson
Seriate (BG) – Dicembre 2008

FRANCESCO TULLIO-ALTAN

I VIAGGI DEL PINGUINO NINO

IL GELATO AL LIMONE

IL **PINGUINO NINO** ABITA AL POLO.
OGGI HA DECISO DI FARE
UN VIAGGETTO. VUOLE ANDARE
IN UN POSTO CALDO.

LA SUA **MAMMA** ESCE DALL'IGLOO
E DICE: «DIVERTITI,
NON DIMENTICARE IL TUO ZAINETTO 
E TORNA PRESTO.»

NINO SALE SULLA SUA BARCHETTA **GIALLA** E ALZA LA VELA. IL VENTO LO SPINGE LONTANO DALLA RIVA.

UN **TRICHECO** SDRAIATO
SU UN PEZZO DI GHIACCIO
GLI INDICA LA ROTTA
PER ARRIVARE A UN PAESE CALDO.

LA BARCHETTA ARRIVA ALLA SPIAGGIA.
C'È IL SOLE E FA MOLTO CALDO.
NINO SCENDE
E CAMMINA SULLA SABBIA.

UN **CAMMELLO** LO SALUTA E DICE:
«CIAO, SONO IL **CAMMELLO ALÌ**
E ABITO QUI.
COSA PORTI NELLO ZAINO?»

NINO APRE LO ZAINO.
DENTRO CI SONO UN LIMONE
E UN BEL PEZZO DI GHIACCIO.
IL **CAMMELLO** SI LECCA I BAFFI.

CON IL GHIACCIO E IL LIMONE
I DUE AMICI FANNO DUE GHIACCIOLI
E LI MANGIANO CONTENTI
SOTTO UNA PALMA.

IL **CAMMELLO** DICE:
«HAI FATTO BENE A PORTARE
IL GHIACCIO.» «È STATA UN'IDEA
DI MIA **MAMMA**» DICE **NINO**.

«ALLORA PORTALE
QUESTO REGALINO DA PARTE MIA
E RINGRAZIALA» DICE **ALÌ**.
NINO LO SALUTA E RIPARTE.

NINO TORNA AL POLO.
APRE LO ZAINETTO
E DÀ ALLA **SIGNORA PINGUINA**
IL REGALO DELL'AMICO **CAMMELLO**.

«È UNA CUFFIA ARABA. MI SERVIRÀ QUANDO VIENE L'ESTATE» DICE LA **MAMMA**. «SEI MOLTO ELEGANTE» DICE **NINO PINGUINO**.

IL PROFUMO DEI FIORI

IL **PINGUINO NINO** È SEDUTO
SULLA PORTA DEL SUO IGLOO
AL POLO E LEGGE
UN LIBRO **ILLUSTRATO**.

TROVA LA FOTO
DI UN BELLISSIMO FIORE **GIALLO**.
DICE ALLA **MAMMA**: «POSSO FARE
UN VIAGGETTO OGGI?»

LA **MAMMA** CHIEDE:
«DOVE VORRESTI ANDARE?»
«IN UN POSTO DOVE NASCONO
I FIORI» RISPONDE **NINO**.

LA **MAMMA** DICE DI SÌ
E GLI PREPARA LO ZAINETTO.
NINO SE LO METTE IN SPALLA
E PARTE PER IL VIAGGIO.

FINALMENTE ARRIVA IN UN PRATO.
INCONTRA UN'APE E LE DICE:
«VORREI SENTIRE
IL PROFUMO DEI FIORI.»

L'**A**P**E** DICE: «I FIORI NON HANNO PROFUMO PERCHÉ NON PIOVE DA MOLTI GIORNI E STANNO MORENDO DI SETE.»

NINO APRE LO ZAINETTO.
DENTRO C'È UN BEL PEZZO
DI GHIACCIO. LO METTE AL SOLE
DENTRO UNA BROCCA.

CON IL CALORE DEL SOLE
IL GHIACCIO SI SCIOGLIE
E DIVENTA ACQUA FRESCA.
NINO DÀ DA BERE AI FIORI.

I FIORI RIPRENDONO **COLORE** E PROFUMO. L'**APE** È FELICE E RINGRAZIA **NINO**. «IL MERITO È DI MIA **MAMMA**» DICE LUI.

«È LEI CHE MI HA PREPARATO LO ZAINETTO.»
«ALLORA PORTALE QUESTO REGALINO»
DICE L'**A**P**E**.

LA **MAMMA** DI **NINO**
APRE IL PACCHETTO.
DENTRO C'È UN VASETTO DI MIELE.
DICE: «CHE PROFUMO DELIZIOSO!»

«È IL PROFUMO DEI FIORI»
DICE **NINO**. «UN GIORNO
TI PORTERÒ A VEDERLI: HANNO
DEI **COLORI** BELLISSIMI.»

LA NOCE DI COCCO

IL **PINGUINO NINO** VA A VISITARE
UN PAESE CALDO.
SI FA TRASPORTARE DALLA CORRENTE
SU UN PEZZO DI GHIACCIO.

NON C'È BISOGNO DI REMARE
E **NINO** LEGGE UN LIBRO.
SULLE SPALLE HA LO ZAINETTO
CHE GLI HA DATO LA **MAMMA**.

IL SOLE FA SCIOGLIERE IL GHIACCIO.
MA PRIMA CHE LA ZATTERA
SI SCIOLGA DEL TUTTO,
NINO SALTA A TERRA.

SI CAPISCE CHE È UN PAESE CALDO
PERCHÉ CI SONO LE PALME;
E ANCHE PERCHÉ
NINO È TUTTO SUDATO!

NINO HA SETE. INTORNO CI SONO
FOGLIE E FIORI BELLISSIMI,
MA NEANCHE UN PO' D'ACQUA
DA BERE.

UNO **SCIMMIOTTO** LO GUARDA
DA UNA PALMA E DICE:
«MI CHIAMO **ZIMBO**. VEDO
CHE HAI SETE: IO POSSO AIUTARTI.»

ZIMBO APRE UNA NOCE
DI COCCO. DENTRO C'È UN'ACQUA
MOLTO DISSETANTE.
PERÒ È CALDA!

MA **NINO** APRE IL SUO
FAMOSO ZAINETTO
E TIRA FUORI UNA VASCHETTA
PIENA DI CUBETTI DI GHIACCIO.

METTONO I CUBETTI
NELL'ACQUA DI COCCO.
ZIMBO TROVA DUE CANNUCCE
E **NINO** SI DISSETA.

«DEVO PORTARE ALLA MAMMA
UNA COSA CHE AL POLO NON C'È.»
«LE BANANE SONO MATURE»
DICE ZIMBO.

NINO RIEMPIE LO ZAINETTO
DI BANANE E RIPARTE
PER IL POLO SU UNA ZATTERA
FATTA DI TRONCHI.

LA **MAMMA** MANGIA UNA BANANA
E DICE: «CHE FRUTTO DELIZIOSO!»
«NE HO LO ZAINO PIENO!»
ESCLAMA **NINO**.

SOMMARIO

IL GELATO AL LIMONE .... pag. **5**

IL PROFUMO DEI FIORI .... pag. **19**

LA NOCE DI COCCO .... pag. **33**

Le storie di Pimpa

1. Pimpa e il primo incontro con Tito
2. Pimpa, i viaggi del pinguino Nino
3. Pimpa e la talpa Camilla
4. Pimpa, tre avventure di Ciccio Porcellino
5. Pimpa e l'amica Pepita
6. Pimpa, Colombino e lo zio Gastone
7. Pimpa e l'amico Gianni
8. Pimpa, Coniglietto e i suoi fratellini
9. Pimpa e il cavallino volante
10. Pimpa, Bombo Ippopotamo e la nonna
11. Pimpa e la Pimpa gemella
12. Pimpa, Rosita, Tina e Leonardo
13. Pimpa e il corvo Corrado
14. Pimpa, le avventure di Poldo e Isotta
15. Pimpa e la scuola di Tito
16. Pimpa, i sogni di Bella Coccinella
17. Pimpa, il pesce nonno e le stelle
18. Pimpa, un giorno con Gigi Orsetto
19. Pimpa e l'anatroccolo Alì
20. Pimpa, i racconti di zio Gastone
21. Pimpa e il delfino Dino
22. Pimpa, storie colorate di Coniglietto
23. Pimpa e la gita nella foresta
24. Pimpa, i giochi di Rosita, Tina e Leonardo